Caixa de vazios

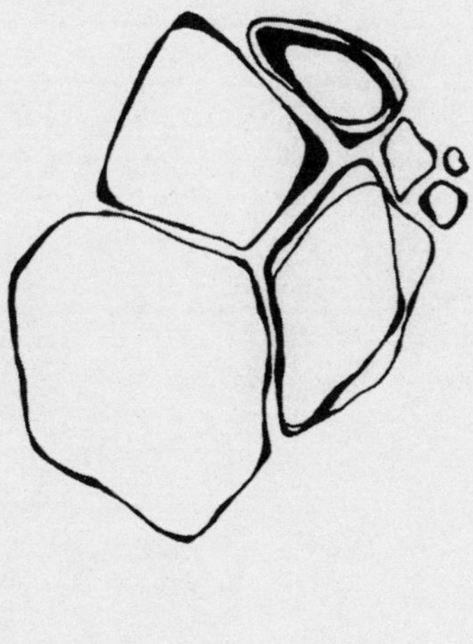

Vicente Humberto

Caixa de vazios

poesia

FICÇÕES

Capa Adriana Conti Melo
Projeto gráfico Alonso Alvarez
Revisão Ana Maria Barbosa
Fotografia do autor Josane Brandão

Grafia segundo o Acordo Ortográfico da Língua Portuguesa de 1990, em vigor no Brasil desde 2009.

Dados Internacionais de Catalogação na Publicação (CIP)
(Câmara Brasileira do Livro, SP, Brasil)

Humberto, Vicente
Caixa de vazios / Vicente Humberto. – São Paulo : Ficções Editora, 2024.

ISBN 978-65-87622-23-1

1. Poesia brasileira I. Título.

24-242635 CDD-B869.1

Índices para catálogo sistemático:
1. Poesia : Literatura brasileira B869.1

Aline Graziele Benitez - Bibliotecária - CRB-1/3129

2024
Direitos de publicação reservados à
FICÇÕES EDITORA
Rua Corrêa Galvão, 57
01547-010 - São Paulo - SP
(11) 5837-5959
www.ficcoes.com.br
editora@ficcoes.com.br

Sumário

PREFÁCIO

Carla Dias

Quem nunca dialogou consigo mesmo, ao tentar se fazer companhia, por favor, apresente-se. O vazio é um rebelde. Faz a pessoa mergulhar em uma variedade de barulhos deslocadores de certezas – eficientes correntes para aprisionamento de atrevimentos necessários –, ao estender a duração dos questionamentos.

Às vezes, é silencioso, mas acontece de fazer gritos escaparem de algumas bocas que se gabavam, até então, de se manter fechadas.

Em *Caixa de vazios*, Vicente Humberto se mostra um talentoso preenchedor das faltas e quereres gerados por um vazio fomentador de esperas e observações. Dividido em três partes, o livro conduz o leitor por camadas da percepção de começos e fins.

Em "Uma árvore quase pronta", ao tentar se desfazer de lacunas, populariza a beleza de trafegar pela rotina com sentidos atinados para o "pode ser": "Tragou um longo gole / Como se fosse sorver / Uma vida inteira / Abriu as janelas" ("Apartamento"). Em algumas de suas pinturas literárias – gosto de pensar que o poeta empresta seu olhar ao leitor com o benefício da liberdade de absorção –, o quadro parece apenas oferecer singeleza: "Os pingos distraídos / De molhados / Escorriam pela janela / De vidro" ("Estrada real").

Nas suas pinceladas poéticas, o autor se mostra talentoso observador de rotina, arrancando dela a beleza necessária para o próximo arfar do se apaixonar por gatos e secar lágrimas no varal. E vai além na audácia conquistada por eloquentes propagadores de poesia, escancarando a beleza de certas verdades: "A vida / Entristece / Sem pressa" ("Teoria").

Esta obra é um tecer de reveses ao tom nevrálgico da delicadeza. Em "Fazenda Harmonia", as dores se dilatam em nome de acontecimentos provocados por escolhas e dos gestados pela privação delas: "Ora por um / Ora por outro / Ora por mim / Ora por nós / Aos poucos / Sou um / Ou outro / Outras vezes / Nenhum" ("Nenhum"). E se estende às percepções do flagelo: "E a gente / Que era gente antes / Todos sabíamos o nome / Não havia flores / Apenas pântanos / Acho que preciso / falar com Deus" ("Urubus").

"Sombra feliz" traz a inquietude como protagonista de um apanhado de abissais sutilidades: "Tenho frequentado / Uma constelação / De inquietudes / Elas dormem e amanhecem / Muitas vezes têm pressa / vêm e vão" ("Teorema"). Durante o percurso, esbarra na agonia versada em fim: "Até quando / O retrato / Despojado / Num caixote no brechó / Do senhor João da Silva / Logo em frente / Ao Santuário Nossa Senhora /Da Medalha Milagrosa" ("Fotografia de casamento").

A morte comparece, mas nem sempre é chamada pelo nome. O autor usa a linguagem poética para registrar percepções relacionadas a ela, metafórica e literalmente. Assim se apresenta a dualidade na percepção da morte; ela usa suas companheiras imaginadas para inspirar poetas a escreverem sobre a ausência transcendental, impossível de ser dispensada com abraço: "Por que este decreto? / Se é eterna / A sua ausência" ("Dia das Mães").

O vazio é terreno fértil. Quem pensa nele como sinônimo de nada, engana-se, ao menos quando se trata de sentimento. Esse tipo de vão não pode ser preenchido com alimento, com calendário ocupado, com gargalhadas raptadas dos vizinhos de transporte público ou de mesas de requintados restaurantes.

Talvez o jeito seja esse: desmembrá-lo, dividi-lo em seções, vivê-lo em partes, feito cenas de um espetáculo de teatro protagonizado por reflexões desfiadas ali, na nudez do palco.

Vicente Humberto encontrou uma forma inspirada de acondicionar pedaços de um vazio que nunca vem sozinho. As caixas de sua poesia sofrem de liberdade. Assim, expandem-se para alcançar a dimensão da percepção do leitor.

Para Cléo Filippi, Whisner Fraga
&
Vicente Paulo Cruz Junior
(In memoriam)

UMA ÁRVORE QUASE PRONTA

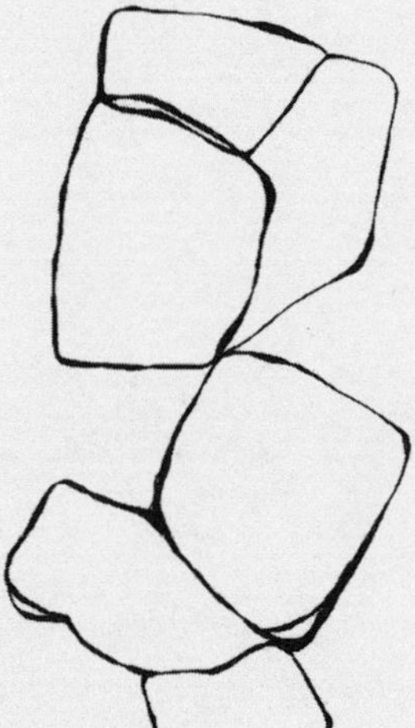

Estreitos

E por falar em estreitos
Tenho tido estreitas
Alucinações
Quase febris
Nesta primavera
Febril
Ontem pensei nisto
Até falei com íntimos
Estranho
Minha obsessão por escuros
Minhocas, cágados, caramujos
Jabutis, avestruzes
Sinto-me confortável
escondendo a cabeça dentro do peito
Se eu fosse um pássaro
Lá faria meu ninho
De vez em quando a luz do sol
Mas logo
Sinto incômodo de vozes
Tudo cheira subsolo
Obscuro
O outro lado do muro
O eclipse de mim fez eclipse em mim
Havia luz no inconsciente
Túneis, galerias garimpadas

Sinto luzes de boate
Fumaça de cigarros
Álcool, perfume de rum
Vejo seios empinando pipas
Outros caindo
Arco-íris de cores no chão
Antes desprotegido em Las Vegas
Lambuzado de roletas
Nos salões do Caesar Palace
Buenos Aires
Um passo de tango
Apaga a bituca nos jardins da Casa Rosada
Depois pisa
E esmaga o engasgo
Do torresmo
Com trago de cachaça do Vale do Jequitinhonha
Libertas
Quae Sera
Tamen
Ouro Preto?
Praga?
Ouvidor?
Onde estou?
Ou no estreito do estreito do estreito
Prometo dar um jeito nisto
Possivelmente seja um mal-estar
Desproporcional
Ou o excesso de excessos
Provocado pelo exagero de restos
Rostos
Feito de lados

Feito de lodos
Feito de lobos
Feito de defeitos
Feito de idade
Assim caibo perfeitamente no espaço que ocupo
Desacostumado por fartura de estreitos
Aos poucos fui aprendendo
Desaprender o outro lado
Com tudo inerte
A inércia foi movimentando
Meus movimentos
Miolos
Até paralisar o cérebro que gostava
De vozes
Adorava cidades
E amava os bares
E os lábios que nunca beijei
No estreito que vivo
O bar é solitário
A fazenda de serpentes
E o beijo no espelho
Espalha
Escuros oxidados de escuros
Agora de nada
Só cabe a metade do copo
A sede tem sede
Viro a cabeça e enterro o texto
No fundo do texto
E mexo os pauzinhos até perder o fôlego
E vou dedilhar meus dedos cheios de pomada nas entranhas estreitas

Dos meus vazios
Tão cheios
Completamente cheios de estreitos
E estrumes
O mundo vira de costas e gargalha
Esquece
Eu que pensava grande
Mal caibo no aparelho
Ainda assim respiro
O limoeiro-siciliano discorda
E prova ser capaz
Tudo isto provoca uma sensação
De normalidade
Talvez pela chuva
Talvez por não sei o quê
Talvez porque na dúvida
Duvido
E isto conforta como um trago
De conhaque

Fragmentos

Frágil
Como um copo
De vidro
Divido
O líquido
Versus
O sólido
Em mim

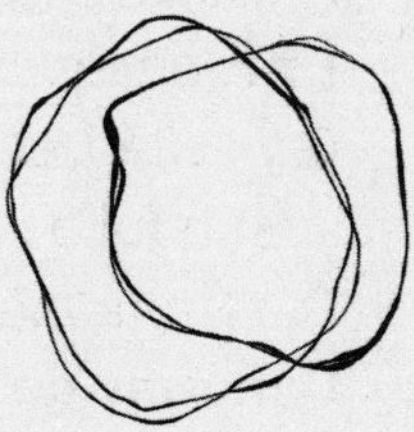

Caminho suave

Ganhei de presente
De aniversário dos meus pais
Um caderno de caligrafia
Insistiam em repertório
De vogais desenhadas
E consoantes difíceis
Desenhava letras com cautela
A bolinha do o
A perninha do a
O lacinho do l
O pontinho no i
As ondinhas do n
As Marias do m
As curvas do s
As asinhas do w
Aliás, achava o k, o w e o x
Estrangeiros demais
O y, então, era de outro mundo
Assim foi o e, o q, o d, o f, o g...
O u tinha mesmo som de vento
O mesmo do filme
O morro dos ventos uivantes
O h, geométrico, parecia homem sério, adulto cheio de compromissos
O acento circunflexo,

Um chapeuzinho chinês
Já o agudo, sempre desconfiei
Era muita afirmação
Naquela idade, adorava exclamação e já tinha muitas
Perguntas sem respostas
Para a interrogação
O t, então, amava fazer
Tracinhos
O v, este tinha que aprender
Afinal, Vicente começa com v
Assim, fui juntando vogais e consoantes
Casa, mala, moda, mola
Vaca, vela, vida
Bola, bala, bela
Navio, água, anágua
Era emocionante
De tanto juntar letrinhas
Dei de cara com as palavras
Para meu espanto
As palavras que escrevia
Eram as mesmas que falava
Daí percebi o som do i
Que o r era, é mais ri
O l foi a maior das descobertas
Era necessário a boca aberta
Depois prender a língua na
Ponta dos dentes e respirar pra
Dentro
O u e o o exigiam biquinho
O b e o p, beijar os lábios

O f, fazer careta
O q tinha que raspar de garganta
O t era um sopro sorrindo
Foi quando imaginei
Seria muito difícil falar sem dentes
Daí pra frente, tratei de escová-los
Diariamente

Noturna

Ainda que haja
Sombras
Dou de ombros
Em busca de luz

O capuz onde pus
Cabeça e solidão
Cabe perfeitamente
Para vestir
A estrela da manhã

Atelier

Aos poucos
Atrofiado
Enfio a linha
Na agulha
Costuro
A minha cintura
Predileta
Provo a máscara
Que eu mesmo cosi
Onde
Moldei minha face
De antes
Antemão
Cortei o molde
Exigências de clientes
Depois vesti
E vi-me outro
Errei de face?
Acertei de outro?

Mais ou menos

Por isto
Corro devagar
Tenho pressa
De mim
O tempo corre
De costas
À medida que meço
Mede o tempo menor
A mesma medida
Que meço
Mede um tempo
Maior
A fita que mede
Cai das minhas mãos
A cabeça que pensa
Corre demais
Os passos que andam
Correm de menos
Entre este mais ou menos
Sou cada vez mais
Outra vez menos

Psicodrama

Às vezes minto o que sinto
Outras,
Sou a própria
Mentira
Que mentiu pra mim

Ametista

Ignoto
Caminho
A mesma avenida
Vestida de vidro
Atire a primeira pedra
Ignoro ametistas
Ofereço a outra face
Um lado cega
O outro corta
A mesma
Lânguida lâmina
Gota
Escorre e chora
Chorando chuva
Giram
Girassóis
Faróis
Guarda-chuvas
Guardas guardam
As palavras
Escritas na vitrine
Uma árvore quase pronta
Uma sombra feliz
Sublime distraída
Uma folha

Desatenta
Morta
Apenas atenta
Ao vento
Cai
Calçando a calçada
Incógnita do tempo
Até os pés de mim

Carta ao editor

Sem tempo de gaveta
Ansioso caminho
Li, reli
Incluí
Excluí
E por mais que retocasse
O rosto
A imagem
O pescoço
Cortasse as orelhas
As sobrancelhas
E enterrasse a raiz da cabeça
No espelho do texto
Ia sempre ao dilema
Poema a poema
A paz
A guerra
A arte
Anátema
Da euforia ao encanto
Do desprezo ao espanto
Do louvável ao indigno
Digo
Ou me exponho de fato
E canto

Compartilho
Valado
Meus tantos lados
Comigo
Ou fico contido
Calado rabiscando
Rabiscos
Ou corro riscos e desisto
De existir
E existo

Cadeiras vazias

Inseguro
Seguro
Suas mãos
São épocas
De vidro

Assíduo
Assisto
Armaduras
Que visto

Amargo
Doçuras
Doces
Amarguras

Fiel

Prometi a mim mesmo
Uma oração à luz de velas

As luzes

Deram sombras
Solidão

Teoria

A vida
Entristece
Sem pressa
Tudo depende de um
Referencial
Percepções diferentes
Movimento e repouso
Sinto falta da solidão
Celebro

Complemento

Estou cansado!
Tive um parto
Difícil
Preciso de
Transitivos
Sempre existe
A possibilidade
A propósito
Você saberia
Onde fica
O objeto indireto?

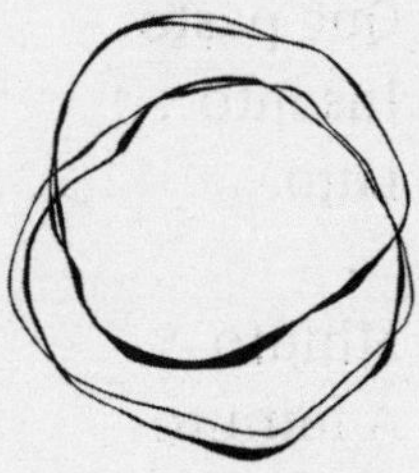

Noite escura

Vai noite
Fria
Escura

Vá
Vagar
Devagar

Espia

O vazio
Absoluto

Vasto
Pasto
Que pasto
Insólito
Luto

Minuto
A minuto

Passa
A vida
À vista

A escuridão

Casa

Lá fora
A mesma
A solidão
Que causa
A hora
Agora

A esmo
O mesmo
Coração
Ignora

Encontro

Com toda discrição
Elegância

Cruzou as pernas
Pousou o olhar
No infinito
Pausou o timbre da voz
E confidenciou
Um suspiro

Não sei seu nome
Seu tipo de sangue
Nem seu time predileto
Mas nunca mais
Irei esquecer

O poema

Ceirão

Em tratamento
Poético
Permeio
Ver navios
Ceirão
Horas de divã

LinkedIn

Quando as horas
Escolhem lentas
Cabelos brancos
Suficientes
A vida perde sentidos
A fase criança
Passou
A adolescência
Passou
A fase do tempo
Que faltava tempo
Também passou
Agora
Amanheço e anoiteço
E se não é o Vasco
Para tirar do sério
Vou consultar o LinkedIn

Like

Passo o dedo
Sobre a tela
Antes
Escrevia
Postava
Cartas íntimas
Estou cheirando
À máquina de datilografia
Se for isso
Por favor
Corra os dedos
Delete
Depois
Conforte-me
Na lixeira

Tempo

Hoje amanheci
Com vontade de chorar
Vulnerável
Engenhei uma represa
Que soubesse conter
Lágrimas
Deu certo
Até um certo nome

Delírio

Tenho medo
Não escondo de ninguém

Cruzo as cinzas para disfarçar
O leite derramado

Alguém toca o coração

Preciso atender as bolhas
Antes de chorar

Se o sol
Der em sombras
Que tal
Dançar comigo?

Engano

Na busca
Adotei
Ser feliz
Quando não
Adiar decisões
Escolher
Desviver
Quando sim
Não escolher
Era escolher
Porque depois
Teria que viver
As escolhas que fiz
Você pode dizer
Que sábio
Homem
Engano
É tarde

Escolhas

Não tenho escolha
Entre uma opção
E outra
Posso optar por uma
Posso optar por outra
Ou até por nenhuma
Delas
E ainda resta
Uma opção desejável
Aquela que talvez
Conforte mais minha
Reconhecida incapacidade
De estar contente
Mesmo eventualmente
Estando contente
Diante de tantas
Escolhas
Escolhi escolher
Aquela que logo adiante
Eu deveria tanto ter escolhido
A outra
É sempre assim
É sempre a outra
É sempre este descontentamento
Contente

Fosse outro
Eu seria outro
Quem sabe
feliz

Beijo

Gosto
Do gosto
Do retrogosto
De seu beijo

Se a noite passou
Se o dia clareou
Se o tempo parou
Se sextou
E não cessou

Se sou eu
Ou não sou
Eu não sei
Eu não sei

Desejo
Sobejo
Seu beijo
Interminável

Denso
Imenso
Intenso
Extenso
Admirável

Inesquecível

Gosto
Gostoso
Do retrogosto
De seu beijo

Doce
Molhado
A língua
Singra
O paraíso
Por isso

Gosto
Do gosto
Interminável
Do retrogosto
De seu beijo
Inesquecível

Maria Júlia

"Eu quero vê la, em desejada,
Calma,
No rico santuário de tu'alma
Hóstia guardada n'um
Cibório de ouro!"
Auta de Souza

Juro
Por todas
As juras
Pelos negros
Olhos
Jabuticaba
Alma
De Maria Júlia
Juro
Por todas as Marias
Pelas filhas
De Júpiter
Pelas estrelas
Da noite
Pelo clarão
Da lua
Pela luz
Do dia
Juro
Maria Júlia
Servir-te o cálice
Do amparo
Calmo
Anjo guardião
Resta claro
Avoengo

Quimera

Olhando da janela
Outras tantas
Iguais a ela
Enigmas
Atrás delas
Olhando da janela
Penso na minha lida
E como será a vida delas
Serão felizes?
Serão tristes?
Às vezes
As vejo
Alegres e tristes
As janelas
Nunca saberão
Mas sempre
Entre
A claridade
E o escuro
Hão de abrir
E fechar
Pelo sim
Pelo não

Pires do Rio

"O Tejo é mais belo que o rio que corre pela minha aldeia"
Alberto Caeiro

Se estou em casa
Ao pé do Tejo
Por que não?
O poema pode estar
Ao pé do Tejo
Quando está
Ao pé do Tejo

Sinto falta do Sampaio
O córrego enorme da minha infância
Secou
Deu em Deus

Não escreveu as cheias
Não declamou às margens
Não dividiu os peixes
Não ressuscitou os mortos
Fez-se em pedra

Inexorável
Inóspito

Seguiu seu leito
Desmamado de água

Apartamento

Antes
Colocou
A água no porta-cubos
Da geladeira
Ligou o som
Na voz
De Billie Holiday
Fechou todas as janelas
Do apartamento
À meia-luz do abajur
Caminhou até o bar
Aparador no canto da sala
Serviu-se de uísque
Presente do último aniversário
Tragou um longo gole
Como se fosse sorver
Uma vida inteira
Abriu as janelas
Fechou os olhos
Lentamente
Experimentou
Do orvalho emprestado
Do vento lateral
Que caía
No vaso de xaxim
Onde colheu ervas
E aromas do jantar

Poeta

O poeta
É um condutor de almas
Lava as palavras
De nada
Depois seca
As lágrimas no varal

Vidente

Volto pra casa com a cabeça
Cheia de ideias

Ambíguo

Ideal seria
Consultar a vidente
Estive lá
Havia mudado
Recentemente para a rua da Poesia
Sem número
Fui até lá
Vasculhei as chamas até as cinzas

Avesso a intimidades

Afastei propósitos
E vou me permitir
Dogmático
Investir
Na manufatura de vazios

Estrada real

Os pingos distraídos
De molhados
Escorriam pela janela
De vidro
Do outro lado
A paisagem
Os dedos
Da mão
Desenhavam
Rabiscos
Riscos de gotas
Concretas
Escorridas
O tempo
Anoitecia
Dentro
Do ônibus
O silêncio
A chuva
A orquestra
Monótona do motor
Fez escuro
E adormeceu os
Passageiros

Florista

Tenho pensado
Na possibilidade
Tudo é relativo
Caótico
Forquilhas
Preciso urgentemente
De orquídeas
Dia destes eu me surpreendo
E me rendo

Largo

Adoro
Quando você
Não diz que me ama
Mas
Entra muda
Na ponta dos pés
Adivinhando o escuro
E como uma pluma
Pousa seu corpo
Ao lado do meu
Adoro seu silêncio
Quando você
Passa as mãos
Passeando
Nos meus
Cabelos
E beija minha testa
E toda alegria do mundo
Alarga
Invade o largo
Da minha alegria

Basílio

Quem sabe pela intimidade
Do retrato
Ou a distância desconhecida
O rosto cheira mobília
Antiga
Encerada em cera
Poliflor
Depois escovão
Escova
Palavras
Calos
Na página
Da mão
Seria atriz, poeta, costureira, professora
Escrivã
Jardineira?
As cores dos vestidos
Confessam
Ousadia
Um dia amanhece sangrando
Visita leituras difíceis
Traduz poetas mortos
Outro dia anoitece insone
Corrige a maquilagem
Disfarça vazios

Curioso envio mensagens
Do interior de Goiás
Ela não responde
Guaias...
Fraga prefaciou borboletas

Dia destes supero a física quântica
Enquanto cochicho
Caixa de vazios

FAZENDA HARMONIA

Bezouro azul

Estou há três dias
Bolinando o mesmo poema
Meus amigos diriam
Santo Deus!
Cuida deste homem
Parece besouro no prato
Gira para um lado e outro
Voa
Mas não sai do lugar
Anda muito calado
Reparem...
O som agudo do silêncio
Tem os olhos fixos no infinito
Que vida é esta?
Foi no passado um homem de ação! Hoje deu nesse
Velho
Escaravelho
Enclausurado entre pétalas
De nada

Relógio

Antes somos
Até que sejamos
Porta-retratos
Apagam
Quando amarelam
A memória
Sem memória
Dorme
Perde a memória
E a Via Láctea inteira
Sorri
Imensa
Segue adiante
O vento alheio
Venta
Ajoelha a teus pés
Um universo inteiro
O tempo
Não evita o tempo
E corre
Se o poema fosse um milagre
Seria um milagre em versos
E o Universo
Seria cego
E não perceberia
Sua ausência

Ovelhas

Preciso
De milagre
Capaz
Eficiente
Que saiba como
Ninguém
Mover exércitos
Guardar ovelhas
Curar
Contraditórios

Lógico

A lógica clássica
Ensina
Uma contradição
Consiste na incompatibilidade
De duas ou mais
Proposições

A propósito

Tive sim
Todos os propósitos

Obediente

Fui fiel
Às minhas
Incoerências
Fidelizei
Defeitos
Contrai
Contrários

Solitário

As mãos
Apoiando o peso da cabeça
À espera
Que as coisas caiam do céu!
Atestem
Minha inocência

Cecília

Imagina
Uma árvore
Outra árvore
Outras árvores
Uma floresta
Um pássaro pousa na árvore
Outro pássaro
Outros pássaros
Pousam nas outras árvores

Uma pedra

Revoada

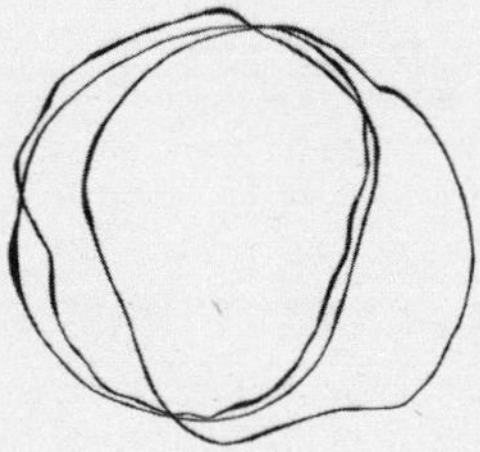

Haicai

Ai de mim
Ais de mim
Ás de mim
Cais de mim
Cães de mim
Caos de mim
Cai em mim
Haikai
De mim

Nenhum

Ora por um
Ora por outro
Ora por mim
Ora por nós
Aos poucos
Sou um
Ou outro
Outras vezes
Nenhum
Nem outro
Eu morro
Comigo
Eu morro
Com outros
Eu moro
Em mim
Onde morre
Um e outros
Às vezes
Eu - outros
Sou outro
E outras
Vezes
Nenhum
Nem outros

Rebento

Quando a dor
Doer
O verso
Não for capaz
De quebrar
A dor que sente
Quando o coração
Trai
E a ironia
Esta fera
Latente
Existe
Como se
Imenso
Fosse
Penso
A tristeza mais bela
E ela
Doce
Ignora

Urubus

Vejo entulhos
Urubus
Gente Espalhada
Sobre trapos
Estão vivas?
Vejo um rio contaminado
E vou ter que atravessá-lo
E colocar os pés desvestidos
No lodo de fezes
Havia muita gente
Com olhos de ódio
Anoiteci
A falta de luz promete
Escuridão
Pânico, desespero, fome
Inseguro
Preciso que passe
Soube que as redes de comunicação
Estão oferecendo consultas médicas
Descontaminam doenças dos pés
E contaminam doenças da cabeça
Uma sensação de frescor
Matinal
Os urubus eram a corte
Com suas togas

Asas de morcegos
De pernas abertas
Sob o sol ardente
Da esplanada
E foram multiplicando gente
Umas pisavam sobre as outras
Até permitirem agredir umas as outras
Uivos de gente
E a gente
Que era gente antes
Todos sabíamos o nome
Não havia flores
Apenas pântanos
Acho que preciso falar com Deus
Estou disposto, necessitado
Isto é questão de urgência
Necessidade da alma
Eu sei
Fechar os olhos
Mergulhar no vazio cheio de Deus
E dormir na esperança de nunca mais acordar no inferno

3 de fevereiro

Amanheci
Experimentei a primeira
Estrela da manhã
Estou de aniversário
Dobrando décadas
Orgulhoso
Celebrei
Tomando banho de Deus
Altivo
Raciocinei idades
E percebi serenar os cabelos
Atento
Recolhi a intimidade
E me guardei
Sob o telhado
De vidro
Os dias vividos
A música canta o galo
Depois outro
Responde
Fica conversando comigo
Amenidades
E o privilégio de não pensar
Em nada
Faz pensar tanta coisa

Eu me dou de presente
O café preto que preparei
Alheio
O horizonte atrás
Da copa das árvores
Promete amanhecer

A paz faz as pazes comigo
E desculpa minhas culpas
Estou hoje inefável
Como se estivesse para nascer

Coruja

Iraque disse:
A coruja é o meio do mundo!
Mundo tem meio?
Voltei à ciência
Onde a coruja pia
Filosofia
Geologia
Poesia
Mundo tem meio?
Iraque disse:
A coruja é o meio
Do mundo
Nunca entendi tanta
Convicção

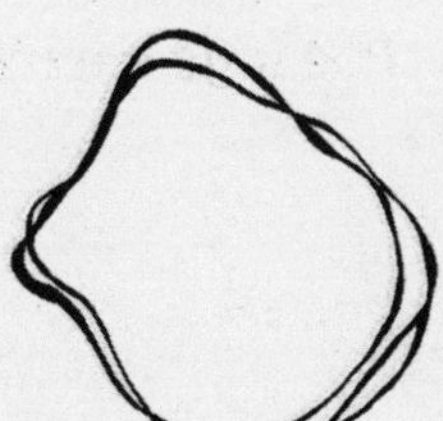

Curvas da coruja

Nas noites escuras
Pia
Antes sentia arrepios
Agora consolo
Tudo parece quieto
Menos
Farfalhos no telhado
Este forro de madeira
Não resiste a um felino
Esta cumplicidade
Conforta
Antes preciso
Acerar os pastos
Urgentemente
Depois fica à vontade
Põe fogo em mim

Mutum

Passou há pouco
Um pássaro apressado

Carente preciso conversar
Preferencialmente alguém que fale a minha língua
Apressei os passos
Ansioso

Empaliei braços asas e pernas
E fui logo perguntando
Você está feliz?
Ele, perplexo, olhou de lado
Empinou as asas e voou

Nuvens

Porque há caminhos
Caminho
O casal de mutuns
Que andava distante
Afastou no inverno
Voltou ao jardim
Trouxe de novo
Um casal de filhos
Estão ocupados
As crianças correm
De um lado para outro
Nem prestaram atenção
Na minha atenta atenção
Nem bateram asas para mim
Entendo
Vou continuar por aqui
Conversando comigo
Em silêncio
A casa está vazia e daqui a pouco
Chegam os netos

Gatoluxa

De tanta
Insistência

Aprendi a
Conviver
Com gatos

Aos poucos
Fui ficando
Permissível

Um quase
Invisível
Rabo roçando
Entre as pernas

Depois

Este lânguido
Olhar distante
Foi diminuindo
A distância

Às vezes sinto
Calafrios

Acabei seduzido

Tudo é questão
De amor
Persistência

Acho que sou
Fácil

Tábua de salvação

Não tá fácil
Pra ninguém
Um dia
A lagartixa
Engole a mosca
Outro dia
A lagartixa
Sai pra passear
E vai parar
Nas patas
Do gato
E eu, meu Deus?
Tenho pensado
Seriamente em poesia

Feliz

Um beija-flor
Veio saudar o dia
Disse bom-dia!
E o dia sem vento
Bateu asas
E ventou

Manhã

A vida desfralda
Viva
Quando venta
Colorida
O varal

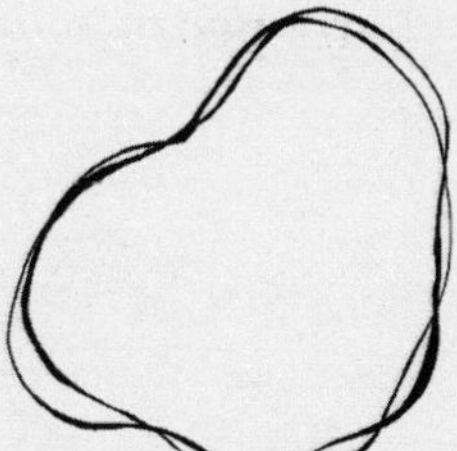

Pá de cal

Na falta
Preencho espaços
Entre um espaço
E outro
O vazio
Provoca
Arrepios
Magia
Tudo isto atrai
Como um olhar
Como um raio
Que cai
Se fosse poeta
Diria o indizível
Se fosse pedra
Seria pedra

Azul

Estou surpreso
Com esta minha surpreendente
Vulnerabilidade
Ontem estava totalmente
Seguro
Havia tomado a decisão
Hoje acordei vulnerável
Como um poeta
Absolutamente sujeito
A chuvas e trovoadas
E nem percebi que lá fora
Fazia um dia azul

Capim

No
Vazio
Verde
Do capim
Que pasto
E brota
Em mim
Aparo
Masco
Horas
A fim
À espera
Interminável
Acerca do fim

Ensaio

Socorro
Sou eu de novo!
Vou dormir na biblioteca
Até apagar o quadro de minha
Incurável psicose
Eu que sempre imaginei
No alto das minhas percepções
Que saberia a esta altura
Apartar ovelhas
Dei neste penhasco de mim
Sem sequer saber medir
A distância entre a lucidez
E a insônia
Sim, sou eu de volta
As voltas, dando voltas
Em volta de mim
Obediente, atendo ao chamado
Da sirene da fábrica
Versos inúteis
Escrevo como quem escreve
A doença prazerosa
De estar entre
Aurora e escuridão
Amanheci melhor
Consciente

Vou até a lixeira
Despejo as cinzas
E ascendo
Ao controle das coisas

Confidências

Disfarço
Fragilidades

Quando fardo
A farda
Riem do trágico
Traje
Riem de mim

Escondo
O caramujo
Que existo

A parte isso

As peças
Do dominó
Que domino

São iguais
Quando têm
Dois lados Iguais

A sombra
Igualmente
Obedece

A mímica

Recua
Pontua
Adiante
Mas nunca
Vai além
Dos próprios
Passos

Havia metafísica
Cumplicidade
Confidências

Entre a tímida
Química
Timidez
E o escárnio
Bizarro
Infortúnio

O que seduz
É que riem do traje

Sala de estar

O sofá
Ficou velho
Cumpriu
Todos os detalhes
De sua existência

Silente
Permitiu
Conforto

Ouviu
Segredos
Inconfessáveis

A vida
Troca favores
Nem tudo
São flores

Pensar em Deus

Devo
... tenho dívidas
Impagáveis
Essa submissão

Apraz
Dia destes
Peso
O peso
A cadeira de balanço
Enquanto faz
Silêncio

Na sala de
Estar

Presente

Depois que a borboleta
Azul
Escolheu pousar nos meus ombros
Ficou fácil o fardo de levar
Nas costas
O peso
De tanta felicidade

Arquiteto

Em repouso
O que hei
De pensar?

A ociosidade
Revela segredos
Deliciosos
Só mesmo
Um desocupado
Experiente
Observador
É capaz de perceber
Com tanta
Intensidade
Quando a lagartixa
Espicha o rabo
Sobe as paredes
Em movimento
Até o teto
E o astronauta
Quieto
Sensível
Pensa:
Tudo é relativo
Até a mosca
Desavisada

Laranjeiras

Laranjeiras
De minha casa
Arte do ofício
Artifício de sentir
Sentidos
Um dia
Foram folhas
Outro dia
Foram flores
Outro dia
Foram frutos
Outro dia
Foram
Todos
Comidos

Buquê

Agora que todas
As minhas folhas
Estão no chão

O benefício de fechar
Os olhos
E não pensar
Em nada

O perfume

Porque
A vida
Exala

Enquanto crianças
Desenham flores
Nas paredes
Da sala

Ilusão

Uma mosca azul
Voava ao léu

Outra mosca
Da cor do arco-íris
Cortou o céu

A mosca azul
Encantada

Pousou
Olhou
Pensou

Eu queria tanto
Ter todas as cores
Dela

Era quase crepúsculo

E a noite veloz
Alheia

Resolveu

Escondeu a lua
Entre nuvens
Escuras

Jaula

Adentro
A jaula
Na busca
Oculta
Cega
Desconhecida
Observo
Disciplinado
Minucioso
Pelo vão a fechadura
Os movimentos
E suas bandeiras
Entro no porão das coisas
Líquidos equívocos
Juízo
Volto a gaiola
Agora resoluto
Preciso reconhecer
Traços
Os teus olhos
Espelham confiança
Conceitos
Preconcebidos
A mesma
Percepção

O eu
E os outros
Eles
Estamos confortáveis
Não haverá surpresas
Temos a fórmula
Aliviado
Saio do edifício
Acendo o cigarro
Vejo os anúncios
Em volta
Dou meia-volta
E penso!
Você conhece
Álvaro de Campos?
Quem sabe
Não teria cometido
Tantos enganos

Pinguim

O nome no cartório de registro
Eu feito de papel ofício
Não precisava de nada
Disto
Assinar a autorização por escrito
Exumar os ossos das gavetas
E guardar espaço para o próximo
Vaso de cinzas
Sobre a geladeira
O pinguim
Em cerâmica
Pintada
Longe do alcance
Das crianças
Noot noot!
Resmunga
Em linguagem
Pinquinês

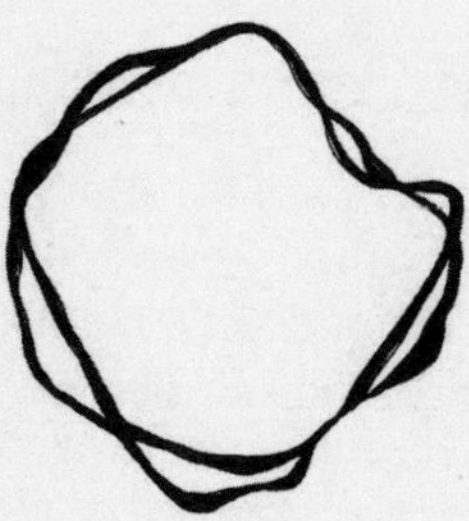

Prelúdio

Tinha o coração
Do tamanho do céu
Usava as palavras
Como música
Um dia
Adormeceu
Azul
Vestiu estrelas
Sonhou ser poeta
E acordou
Nas nuvens

A pedra filosofal

Na completa
Renúncia
A cerca de tudo
Firmei
Esse pacto
Com o escuro
Inconsciente
Antes
Certifiquei-me
De minha lucidez
Apontei o lápis
Coloquei-o na ponta dos dedos
E diante dos olhos
Lentamente o movi para a direita
E instintivamente meu olhos
Se moveram
Para a direita
Depois calmamente
Deslizei o lápis para minha esquerda
E meu olhos disciplinados
Se moveram
Para a esquerda
Até aqui não corria risco
Ciente
Adotei o propósito

Coloquei o lápis sobre a mesa
Caminhei até a estante de livros
E alcancei Nietzsche

SOMBRA FELIZ

Teorema

"a luz de um morto
não se apaga nunca"
Mário Quintana

Tenho frequentado
Uma constelação
De inquietudes

Elas dormem e amanhecem
Muitas vezes têm pressa
Vêm e vão

Depois

Sempre voltam
Quando dormem
Invisíveis me abraçam
E ficam
Sussurrando indecisões

Incomodado

Viro de lado
Cubro a cabeça
Quieto
Quase morto

Agora sim

Completamente morto
Elas continuam
Não dão trégua

Altivo
Soberano
Dono de minhas decisões
Decido não pensar na vida
Desisto de morrer

E vou provar para mim mesmo
Ser capaz de apagar
A luz

Com a ponta dos dedos
Umedecidos de saliva

Calendário

Quando
De costas
Imaginam
Mil coisas
Ao meu respeito
Se viro
Mostro o rosto
Ofereço
Tenho saudades de meus ídolos
Não consigo estudar a morte
Morro enquanto vivo
Provo
O cálice
E viro
Este meu estado de estar
Me deixa completamente
À deriva
Exposto
Obedeci o calendário
Celebrei como se fosse
Meu último dia
Amanhã será Ano-Novo
Eu serei eu de novo
Os dias
Seguirão seguindo

Uns azuis
Outros cinzas
E os homens
Seguirão seguindo
Inventando inventos
Afinal
Enquanto houver
Moinhos
Haverá ventos

Esquinas

Minha alma
De tanta ternura
Desalmada
Desalmou

Amou
Como se fosse
Sonho

Sonhou
Como se fosse
Horas

Passou
Como se fosse
Vento

Ventou
Como se fosse
Esquina

Dobrou
Como se fosse
Sino

Silenciou
Como se fosse
Morte

Morreu

Como se fosse
Vida

Viveu
Como se fosse
Vício

Noite Alta

Quando a noite
Vai alta
E a cama
Caminha
Antes da aurora
Quando
O silêncio
Silencia
E todos
Dormem
A noite
Acorda
A memória
E faz barulho
Pensar
De um lado
Para outro
Acabo sempre
Entre
O passado
Que passou
E insiste
Insistentemente
Estar presente
Onde voo

Onde vou
Onde estive
Onde estou
Senão ao lado
Do que fui
Senão ao lado
Do que foi
Senão ao lado
Do que sou
Senão ao lado
Do que passou

Catarse

À beira de testes
Ser capaz
De vestir demônios

Lutei
Tantas vezes
Contra
Catarses
Eu mesmo

Tenho medo
De morrer

Descontínuo
Continuo
Seguindo

Dentro
Fora de mim

Até que o mar revolto
Resolva
Espumar

Acúmulos

Fóssil

Tosco
Toco
Antes árvore
Agora
Arte
Se a morte
Serve
Esculpe
Incrusta
Parte de mim
Osso em rocha
Antes corpo
Agora
Fóssil

Virgínia

Escolhi a cautela
Um passo
Depois o outro
Fui aos poucos
Tateando a areia
Desviando das ondas
Caminhei até onde as solas dos pés
Sabiam de mim
Depois
Levitei
Entre algas
Precisava ser assim

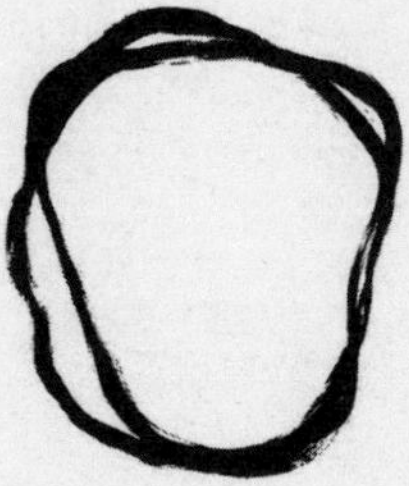

Ciclos

Tenho mais fim
Que começo

Nem tudo está
Perdido

Estou vivo
Basta

Todo fim
Começa
Pelo começo

Roldanas

A pandemia
Deixou em mim
A sensação
De imobilidade
Sim
Tenho pernas
Músculos
Caminhos a caminhar
Penso
Talvez esteja acometido
-doença do casulo-
Sinto inúmeras vontades
Mas logo
Passam
Desisto
É como moer
Toneladas de nada
Rodando a roldana
De vazios
Produzindo cinzas
Dias nublados
Nem felizes
Nem tristes
Vejo janelas
Azuis

Amarelas
Vejo gente
Atrás delas
Meu Deus!
Que bom seria
Se eu tivesse
A vida delas

Socorro

Queima-me
Até a última cinza
Depois invente um vento
E sopra-me para bem longe de mim
Pra bem longe ouviu?
Onde o meu pensamento jamais
Seja capaz de alcançar
Joga-me pra além
Onde você possa imaginar
E eu também
Depois
Nunca mais
Invente pensar um dia
Eu me existir
Por favor peço ajuda
Socorro
Me ajude
A desistir de mim

Inverno

Ainda que você
Não venha
Ou mesmo
Que eu não esteja
Mais aqui
Estarei à sua espera

Encomendas

Adiante
Entrego
Encomendas
No fim do dia
Penso na gente
Que postou
E na outra gente
Que recebeu
E eu
Servi-me
De adeus e crença
Por isso escrevo poemas
Que sirvam de esperança
A quem mais disse adeus

Corpo & alma

Cinza
Serás
Ainda
Que sejas
Cerejas

Lápide

Enquanto
Cinza

O meu próprio
Equívoco
Será o retrato

Fardo

A indiferença
Imóvel
Não percebe
A mosca
Imprudente
Vazar
O mínimo
Vão
Entre a renda
Do esquife
E pousar
Sobre
A pálida face
Intrusa
Altiva
Viva
Visita os lábios
Selados em cor de cera
Depois sobre
As pálpebras
Cerradas
Meu coração
Não precisava
Estar presente
Se ao menos fosse

Inconsciente
Mas não
Reajo
Espanto a mosca
Instinto
Insuficiente
Não sou capaz
De espantar a morte
Oh Senhor
Deus do universo
Deus de todas as coisas
Faz de mim o seu servo
Serei fiel aos seus desígnios
E prometo
Resignado
Cumprir o fardo
Senão
Seria a mosca
Morta
E eu meu irmão

Mudança

Chegaram os móveis
Os lençóis
Xícaras
Pratos
Nossos ancestrais
Sorrindo no porta-retrato
Jalecos brancos
Surrados
Sapatos usados
Contratos firmados
Em papel
Certidão de nascimento
Casamento
Extratos bancários
Atestados de óbitos
Utensílios domésticos
As camisas do Vasco
Tudo devidamente
Empacotado
Só não havíamos
Combinado
Esta inesperada
Mudança
Você partiu para o paraíso
E a mudança para um depósito
Alugado em Catalão

Daimon

Exposto como um poço
No fundo do poço

Passo
Ao passo
Seguinte

Onde a memória
Dorme

Ouvinte
A alma

O silêncio escuta

Assim

Assim foi
Como se não fosse
Senão
Assim
Imperceptível
Foi
Como se fosse
E não fosse
Como se passasse
E não passasse
Como passou
Assim foi
Assim fui
Assim sou
Mas se olho para trás
Por que olho para trás?
Se já não posso mais voltar atrás
E voltaria
Se capaz
Mas quando olho para trás
Vejo gente que não existe mais
E isso traz me volta ao que fui
Amar como os amei
De mais a mais
Eu não sei

Assim foi
Assim fui
Assim sou
Se sou o que sou
Se sou o que não sou

Molho de chaves

Minha mãe
Confeitava rosca rainha
E sabia cozer
Como ninguém
Frango com açafrão
Meu pai tinha a chave do cofre
Do banco na algibeira da calça
Andava balançando responsabilidade
O molho de chaves cantando
Passos anunciavam
A vida passa
O aroma exala
O banco hipotecário fechou
O molho de chaves que guardava as chaves
Silenciou

Nicinha / Vicente

Se as noites
Esquecessem
De amanhecer

E os dias
Adiassem
De anoitecer

A eternidade
Seria eterna

E vocês
Não passariam
Nunca

E nem seriam
Ainda eternos

Dia das Mães

Por que este decreto?
Se é eterna
A sua ausência

Pedro & Anna

Quando minhas pernas
Perderem a força
E caminhar sobre cadeiras
Quando minha voz
Embargar
E só puder falar
Em gestos
Quando minhas mãos
Trêmulas não sustentarem
A xícara
E respirar por aparelhos
For inevitável
Por favor meus filhos
Eu serei o vento
E todas as manhãs
Lhes soprarei bem alto
No coração do ouvido
Sigam
Não esmoreçam
Estou aqui

Amigos

Posso morrer de solidão
Solitude
Ou talvez de doença desconhecida
Posso morrer como passarinho
Ou no leito do hospital
Em um dia azul
Ou em uma noite de estrelas
Nem o dia azul
Nem a noite de estrelas
Saberão de minha morte
Continuarão incólumes
A única coisa que não posso
É morrer sem meus amigos
Isso não, jamais
Sem eles, ou a lembrança deles
Não chegaria até aqui
Com eles vivi
Os melhores momentos de minha existência
Com eles sorri
As melhores risadas
E chorei com eles cada partida de um deles
Eles foram e são o melhor que experimentei enquanto vivi
Não foram os carros
Que comprei

Não foi o dinheiro que ganhei
Nada absolutamente nada
No meu leito de morte
Me deixará saudades na vida como a vida
Entre
Meus amigos

Quintas-feiras

Feche meus olhos
Antes dos seus
Deixe que a vida passe
Não apresse os passos
Simplesmente
Me abrace
Quando o tempo
For tempo de não viver
Seguir
Enquanto tempo de Deus
Estarei à sua espera
Todas as quintas-feiras

Melodia

Sorria melodia

Não feche os olhos
Agora
Olha
Lá fora
É dia

Olha
Olha
Melodia

Veja
Com os meus
Olhos
Sinta
É você quem olha
Abra os olhos
Agora
Meu amor

É dia
Melodia

Vamos viajar

É você
Quem caminha
Em mim

Sozinho
Sou só
Descaminhos

Ouça
Melodia

A sua voz
É o vento
Que canta
Por nós

Ouça
Os acordes
Acorde
Por favor
Acorde
Meu amor

Abra os olhos
Melodia
É dia

Rua Oito

O retrato
De minha mãe
Na algibeira da
Lápide
Não teve tempo
De ninar
O mármore
Ingênuo

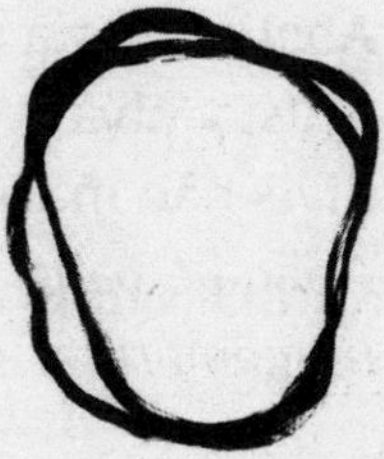

Rua XV

Saltos
Luís XV
Saltam da gaveta
Tacos
Passam
A passos lentos
Sinteco na sala
A vitrola obedece
O long-play
Lança-perfume
Spray
Stupid cupid
Connie Francis
Old King Cole
No piano
Abelim Maria da Cunha
Anísio Silva
Elvis não morreu!
Apaga o baile
In memoriam

Esgrima

Inútil filosofia dos meus versos
Imprestáveis
O vão dos dedos
Entre
O miradouro
Beira
A depressão do corte
E corta
O cordão umbilical
Autoparafuso atarraxante
Ilustre
Lustre sobre o vão imenso
Do salão da bienal
A caverna de Platão
O corpo
Essa maldita linha da palma da mão
Demônios
Enquanto escreve
O inferno
Queima
Lentamente
Em tragos competentes
O mecânico movimento
Movimenta
A alavanca dos braços

Até os lábios
Permissíveis
Permitem
As cinzas
O tempo só será capaz de esquecer
Quando for capaz de morrer
Enquanto vive
Resiste
Compete
Esgrima contra
A morte
Exausto
Abdica de viver
Antes
Escarra e engole
Seco
Depois
Úmido quase
Ágata
Escolhe
Fechar os olhos

Fotografia de casamento

A fotografia
De casamento
Do casal
Na parede
Do rol de entrada da casa
Da família
Feliz
Viu nascer
E crescer
Os filhos
Netos
Bisnetos
Até quando
O retrato
Despojado
Num caixote no brechó
Do senhor João da Silva
Logo em frente
Ao Santuário Nossa Senhora
Da Medalha Milagrosa
Incrédulo
Curioso
Estarrecido
Comprei o descartável
Restaurei a memória

Visitei o Cemitério Municipal
São João Batista
E esculpi
Sobre a lápide
Com a moldura oval de marfim
O retrato do casal

Noite

Noite lenta interminável
Apressa os passos
E passa
Por favor
Amanheça

Lá longe
Onde quem sabe
Londres

Alguém
A esta hora
Insiste em dizer

Às vezes é melhor morrer
Que padecer acordado
À espera longa do amanhecer

Orquídeas

O interesse
Veio das flores
Das casas abandonadas
Das pedras
Dos móveis usados
Dos quadros
Esculturas
Das obras de arte
Crianças no quintal
O interesse veio das perdas
Da incerteza
Do medo
Do pessimismo sobre os passos
E da saudade do passado
O interesse veio do amor
Depois perdido e na falta dele
Um novo amor
O interesse veio da morte
Da resignação
Da resiliência
Da única certeza
As incertezas
O interesse veio das cinzas
Do vento que voa as cinzas
O interesse

Veio da família
Dos filhos
Dos netos
Do trabalho
Dos amigos
O interesse interessante
Em acreditar
Que existe vida após a morte
Isto consola a alma
Enquanto vive
Vejo as plantas
As nuvens
Os pássaros
E isto renova feito água de chuva
Daí em diante
Calço os sentidos
E vou pisar sobre todos os meus desinteresses

Jardim da infância

Aquele cobertor de criança
Deixou os pés
De fora

Todos
Da minha família
Que ninavam
Em volta
Do berço
Da infância
Morreram

Sem referência

Perguntei ao menino do retrato:
Você se lembra de mim?
Ele, distante
Fechou os olhinhos e dormiu

Use o QR Code para escutar
as músicas de *Caixa de vazios*

*Esta obra foi composta em Le Monde Courrier
e impressa sobre papel Pólen Soft
em dezembro de 2024*

FICÇÕES